KB262135

꼭꼭숨어라

꼭꼭 숨어라

전하리 글·그림

북하우스

“술래잡기 할 사람 여기 여기 붙어라!

술래잡기 할 사람 여기 여기 붙어라!”

와룡동 산동네 전체에 향수를 뿌려 놓은 것 처럼

아카시아 향기가 진동하던 오월의 어느 날이다.

구릿빛 얼굴에 콩알처럼 박힌 까만 눈동자의 동네 아이들은

완연한 봄바람에 덩달아 알랑거리는 앞마당 강아지풀을 바라보며

서둘러 운동화를 집어 신는다.

푸른 창공에

흡사 흥부놀부전에 등장할 법한 제비 한 쌍이

묘기라도 펼치듯 앞 다투어 날개 짓을 할 때면

제비와 함께 날아가며 메아리치는 아이들의 목소리.

"애들아! 노~울자! ~~~~~"

봄날의 따스한 햇볕을 피하며

커다란 아카시아 나무 그늘로 몰려든 동네 아이들이

새로운 놀이를 전개하려는 찰나다.

동그란 얼굴에 '땡글이'라는 별명을 가진

딸 부잣집 미경이가 나타나면

순식간에 산동네는 거대한 놀이터가 되어 버린다.

그 시절 유행하던 어린이 영양제 '원기소' 만큼이나

활력을 주던 미경이.

여느 때처럼 아카시아 나무를 등지고 동네 한복판에 서서

목청껏 친구들을 불러 대며 높이 치켜든 미경의 엄지손가락 위엔

네댓 명의 고사리 같은 손들이

순식간에 탑처럼 쌓였다.

"가위 바위 보!"

"가위 바위 보!"

가위바위보만 하면 늘 여자애들처럼 가위만 내는 길수가

오늘도 변함없이 술래가 되었다.

‘주먹을 내어야지. 이번엔 꼭. 이번엔 꼭……’

끊임없이 마음속에 다짐해 놓는다는 길수는

또다시 가위를 내곤 하였다.

"와! 길수가 술래다!"

"잉~"

까까머리에

하얀 부스럼 딱지가

군데군데 얹힌 까만 얼굴의 길수.

얼굴엔 희뿌연 버짐이 얼룩덜룩 꽃처럼 피어 있는 길수는

누가 보아도 왠지 불쌍해 보이는 외모였다.

아카시아 나무 흰 꽃잎이 봄바람에 눈처럼 흩날리는 언덕.

아카시아 나무 기둥에 기댄 길수는

아이들을 등지고 두 손으로 눈을 가렸다.

"꼭꼭 숨어라 머리카락 보인다.
꼭꼭 숨어라 머리카락 보인다."

길수가 술래 노래를 시작하자
미경은 색다르게 숨을 곳을 찾으며
먼저 숨고 있는 친구들을 주시했다.

'뭐야! 쟤! 민자! 또 쓰레기통 뒤에 숨는 거야?

한심하다! 한심해! 매번 들키면서도

또 쓰레기통 뒤에 숨다니,

길수와 똑같다니까!'

이번 게임이 너무도 쉽게 끝나 버릴 것 같은 생각에

미경이는 민자를 향해 불만을 가득 쏟고 있었다.

그랬다.

민자는 늘 연탄재가 수북이 쌓여 있는 쓰레기통 뒤에

연탄재처럼 숨는 것이었다.

'어? 영철이는 어디 숨었지?'

좁은 언덕을 오르던 미경이는 두리번거리며 영철이를 찾다가

병식이네 집 초록색 철 대문 뒤로 숨고 있는

영철이의 뒷모습을 보았다.

'아무튼 정말 한심들 하다니까!

이 넓은 와룡동 산골짜기에 숨을 곳이 저렇게 없나? 킥킥!'

‘에고, 안 봐도 훤하군!

다음 술래는 분명 민자일 거야.’

양파 미경은

숨을 곳을 찾는 친구들의 작전을 살피며 여유 있게 생각했다.

'최대한 찾기 어려운 데로 숨어야지!

최대한 깊은 데로……. 낄낄낄

어디가 좋을까?'

얌전하게 생긴 동그란 얼굴만 보고는 상상할 수 없을 만큼

장난기의 대왕인 미경이는

'이번엔 어떤 모습으로 친구들을 놀라게 해 줄까?'

고심하였다.

상상도 못 할 곳에 숨어,

자신을 찾아내려는

친구들에게 신선한 충격을 주는 것으로

미경이는 또 다른 재미를 느끼고 있었던 것이다.

자신을 찾느라 이리저리 찾아 헤매 다니는

친구들의 모습을 상상 속에 그리며

‘역시! 미경이야!’ 라는 친구들의 찬사를 생각하며

미경이는 기쁨의 강물 속에서

헤엄치고 있었다.

술래 길수에게서 조금 멀어진 미경이의 시선 안에

모래 더미 위에 꽂아 둔 '새마을 사업' 이라는 푯말이

섬광처럼 들어왔다.

우리나라도 선진국처럼 잘살아 보자는

대통령 아저씨의 의지가

현실로 확연히 드러나던 현장이었다.

삼청동을 머리에 이고 있는 와룡동 산골 마을도 예외는 아니었다.

자갈과 모래 더미가 산처럼 쌓여 있는 공사 현장.

개미로 변신하지 않는 한 모래나 자갈 속에 숨는 일은

불가능한 일이었다.

최대한 찾기 어려운 곳으로 숨고자 하는 미경이의 의지도

모래 속에 숨는 것을 포기하는 덴

불과 0.000001초도 걸리지 않았다.

미경은 곧장 주위를 살펴보다가 모래 옆에 놓인 하수구 공사 자재인

회색 콘크리트의 하수관에 눈길을 고정시켰다.

'앗싸! 저 곳이면 됐어! 아주 딱이야!

바로 내가 찾던 곳이야! 좋았어!

들키기 전에…….'

새마을
사업
……

'이크!'

고양이처럼 날쌔게

미경이는 하수관 속으로 누운 채 기어들어 갔다.

'자 이렇게! 꼭꼭 숨으면!!!

앗, 생각보다 좁네! 그래도 암튼 최대한 몸을 구부려 보자!!

들키면 안 된다구!

콘크리트로 만든 그 하수관은

십팔 킬로그램의 빈약한 미경이의 몸에도

동생 실내화만큼이나 꼭 끼는

작은 공간이었다.

미경은 입구에서 최대한 깊이 들어 가

무릎을 구부리고 누웠다.

사뭇 굼벵이와도 같은 모습이었다.

미경이는 고개를 돌려 멀리 아카시아 눈꽃 언덕을 바라보았다.

멀리 아카시아 나무 기둥에 눈을 가린 채,
등을 돌리고 기대 서 있는 착한 길수가 보인다.

"열아홉, 스물!!!"

"짠!!!"

때 껌정이 잔뜩 묻은 길수의 고사리 같은 손이

길수의 얼굴에서 내려졌다.

길수는 졸린 듯 눈을 비비며

보물이라도 찾는 듯 호기심 가득한 얼굴로

와룡동 전체를 훑어보았다.

그러고는 수줍은 새색시처럼 멋쩍은 미소를 한 손으로 가리며

주위를 두리번거렸다.

길수가 여자로 태어났더라면

더없는 단짝이 되었으리라 생각하며

미경은 소리를 죽이며 웃었다.

“자! 그럼 슬슬 찾아 볼까?”

길수는 습관 따라 뒷짐을 지고

제일 먼저 쓰레기통 뒤에 숨어 있는 민자를 향해

발걸음 소리를 죽이며 다가갔다.

다음 술래는

따 놓은 당상이다.

손을 뻗으면 닿을 듯한 쓰레기통 위.

타 버린 연탄재 위로, 곱슬머리를 맨 민자의 노란 머리끈 방울이

길수의 갈색 눈망울 안에 들어왔다.

"쓰레기통 뒤에 민자! 나와라 오바!"

순간 길수의 목소리에 깜짝 놀란 민자는

하얀 연탄재를 뒤집어쓰고 일어났다.

민자는 하얀 면 스타킹이 주룩주룩

발목까지 흘러내리는 줄도 모르고

길수에게 질세라 양팔을 흔들며 전 속력을 내어

아카시아 나무를 향해 달린다.

이에 질세라 길수도 쓰러질 듯 안간힘을 다해 달렸다.

유유상종이라고 했던가?

매번 첫 타자로 술래를 하는 길수나,

매번 연탄재 속에서 제일 먼저 발견되는 민자나…….

이번에도 두 번째 술래는 민자가 된 것이다.

미경은 좁은 하수관 속에 누워 이 모든 일들에 식상한 듯

따분하고도 지루한 표정을 짓고 있었다.

멀리 아카시아 나무 아래에서는

술래에게 처음 타자로 들켜 버린 민자가

흘러내린 스타킹을 추켜올리며 나무에 기대앉는다.

벌써부터 놀이가 지루하게 느껴지는 민자는

길수가 다른 친구들을 빨리 찾아

자신을 기다림에서 해방시켜 주기를 바랄 뿐이다.

까까머리 길수가 이제는

두 번째로 숨은 친구를 찾으려 나섰다.

'저 신발은?'

초록 철 대문 밑에

낡은 남색 운동화 코를 뚫고

꼼지락거리는 엄지발가락이 길수의 눈에 띄었다.

그렇다.

영철이다.

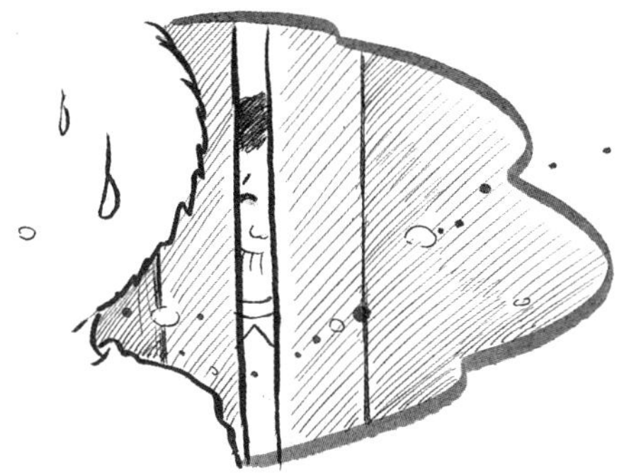

길수의 말이 떨어질세라

철 대문을 힘껏 박차고 영철이가 튀어 나온다.

이십 미터도 채 안 되는 달리기 경주가 시작된 거다.

누가 보아도 영양실조에 걸린 듯 보이는 연약한 길수가 여지없이
영철이에게 뒤지는 순간이다.
헉헉거리며 뒤따라오는 길수를 약 올리며
영철이가 아카시아 나무를 향해 가뿐하게 달려간다.

"안 된다니까! 동수라면 몰라도…….
내가 작년 가을운동회 때 달리기 일등 한 것 벌써 잊어 버렸냐?"
영철이는 싱겁다는 듯 땀을 닦으며
아카시아 나무를 향해 달려오는 길수를 향해 소리쳤다.

영철이를 찾았지만 술래는 변함없이 민자다.

이제 남은 사람은

미경이와 태성이뿐이다.

"킥! 킥킥. 그럼 그렇지. 호호호.

어디 이 몸을 찾아보시지 그래!

내가 여기에 숨은 줄은 절대! 아무도 모를걸?

흐흐흐 난 역시 천재야!"

미경이 쏟아져 나오는 웃음을 애써 참으려

두 손으로 입을 막을 때였다.

멍멍멍!!!
으르릉

"으악 사람 살려!!!"

태성이가 겁 없이 검둥이 집엘 들어갔었나 보다.

"사람 살려~!"

다급하게 외치는 태성이의 목소리에 놀란

검둥이 주인 개똥이 아줌마가

화들짝 놀라 바깥으로 나오는 것이 보였다.

"어떤 놈이여!"

“야 이놈들아!

개 조심 푯말이 안 보이는겨??? 참말로 죽고 싶은겨!!!”

검둥이보다 야단스러운 개똥이 아줌마의 성난 목소리 때문에

산동네에 지진이라도 난 것 같다.

개조실

얼마 전 사나운 검둥이가 끈을 풀고

지나가는 사람을 물어서 크게 변상한 적이 있는 탓에

개똥이 아줌마는

'개조심'

'물려도 책임 안 짐'

'가까이 오지 마시오' 등의

표어들을 광고처럼

초록 철 대문 앞에

붙여 놓았던 터였다.

태성이는 검둥이에게 놀란 가슴을 진정시키려

여자 친구 민자를 곰 인형처럼 꼬옥 껴안았다.

빨리 이번 판이 끝나서 술래를 면해 보려는

길수의 발 빠른 움직임이 다시 시작됐다.

"아싸! 이제

미경이만

찾으면 된다아~!!!"

기쁨을 감추지 못한 길수는 제비의 날개라도 단 듯이

가벼운 발걸음으로

미경이를 찾아 나섰다.

송이네 담벼락에 기대어 있으리라 추측하며

파란 담쟁이넝쿨이 서로 엉켜 있는 송이네 담벼락을 향해

살며시 다가가고 있었다.

헛걸음을 하는 길수를 보며

미경이는 아이들에게 "짠" 하며 멋지게 등장할 순간을

생각하고 있었다.

하지만 얼마나 오랫동안 자기를 못 찾는지

조금은 두고 보자는 심산으로 미경은

아이들을 지켜보았다.

"뭐야? 그러고 보니 진짜~ 나만 남았네!

우히히히히

하하하하하

역시!!!"

아카시아 나무 그늘에 앉아

미경이를 기다리는 영철이.

그리고 태성이와

다음 판 술래 민자가 보인다.

자기를 찾지 못해 두리번거리는

까까머리 길수가 안돼 보여서

이제는 슬슬 아이들 앞에 나타나 주어야겠다고

미경이는 생각했다.

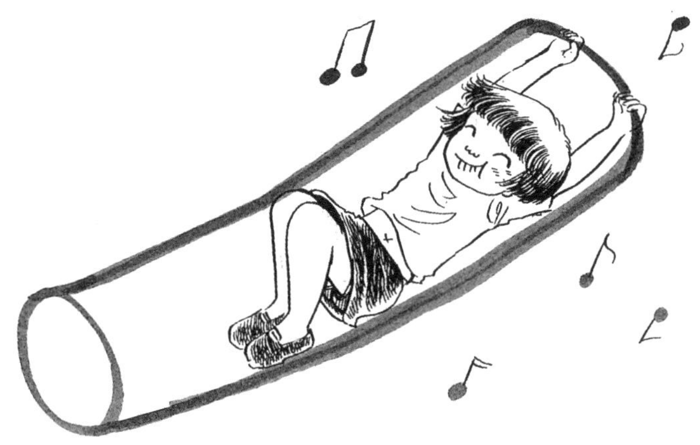

자만심이 극에 달하는 순간 마음이 급해진 미경은

빨리 하수관 속에서 빠져 나갈 준비를 했다.

"안 되겠다! 이 몸께서 나가 줘야지!"

그 때였다.

하수관을 빠져 나가려는 순간

일자로 세워진 무릎이 꽉 낀 채 꼼짝도 하지 않았다.

오히려 살갗이 까지는 통증이 느껴졌다.

"아……아앗!"

"어떻게 된 거지?"

놀란 미경이의 등에선 식은땀이 흘렀다.

“다⋯⋯다시! 에잇!!!”

“아~~아아 아악!!!!”

순간 미경은 하수관 원통 속에서 구부려 세운 다리가

석고처럼 굳은 듯

너무도 꼭 끼어 쉽게 빠질 수 없음을 깨달았다.

신발 밑창의 고무가 하수관 시멘트벽에 찰떡처럼 찰싹 붙어

한 몸을 이룬 듯 꼭 세워진 무릎은 꼼짝하질 않았다.

"헉, 아⋯⋯안 돼!"

"애⋯⋯애들아! 기⋯⋯길수야~~~!!!!"

다급한 목소리로 미경은 친구들을 부르기 시작했다.

단골 장소가 될 것 같아 오히려 정겹게까지 느껴지던

하수관 속이었는데, 이제는

산소마저 부족하게 느껴지면서

갑작스러운 현기증이 덮쳐왔다.

동그란 하수관 속이 캄캄하다 못해 노랗게 보였다.

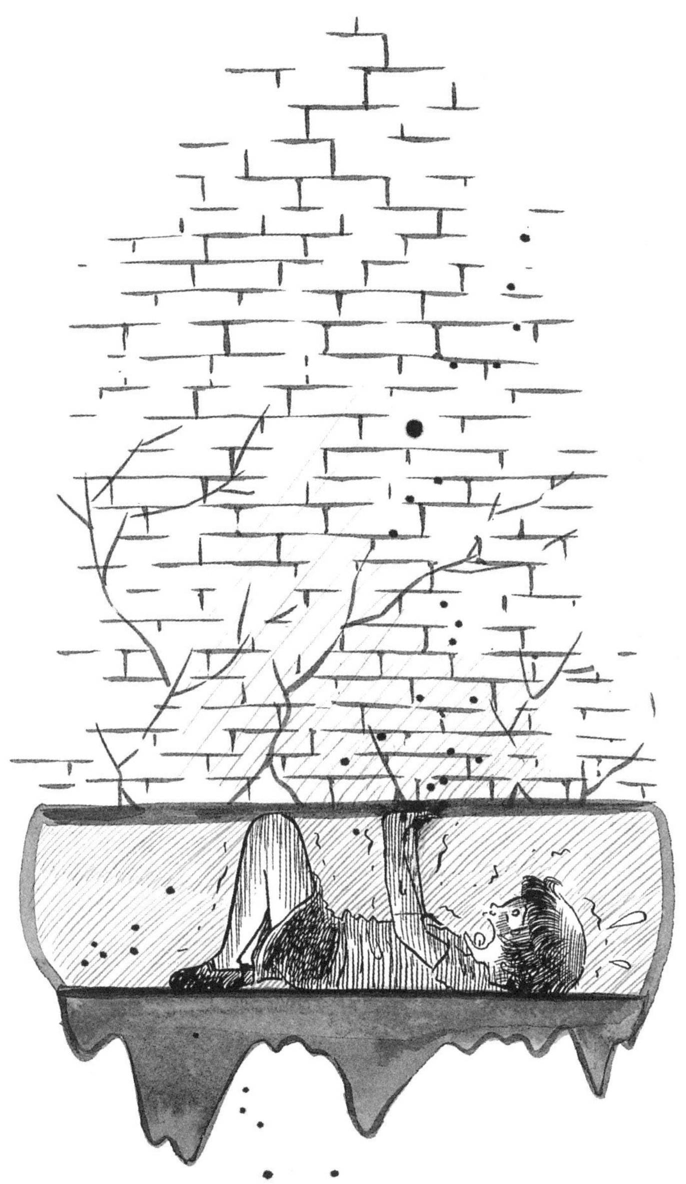

이때,

멀리서 항복을 외치는 길수의 "못 찾겠다 꾀꼬리"가 들려왔다.

꾀 꼬 리

“애들아!”

“애들아!”

다리를 펴 보려 노력하면 노력할수록

맨무릎의 여린 살은 더욱 까지고 화끈거리며

통증은 더욱 심해져 갔다.

"에잇, 이 다리가~!

아! 아악!

안 돼!

에잇

아……아파!

아악!"

"헉! 큰일이군! 이 일을 어쩌면 좋아!"

그제야 너무도 꼭꼭 깊숙이 숨어 버린 자신을 탓하였지만

이미 때 늦은

후회의 순간이었다.

“애들아! 나 여기 있어! 미경이가 여기 있다구!

애들아! 흑흑흑……”

아무리 소리쳐도 친구들은 귀가 먹었나 보다.

“사람 살려! 사람 살려요!

애들아!

나 여기 있어! 미경이 여기 있다구~~~~~~우!”

"못 찾겠다 꾀꼬리"를 외치는 길수의 가는 목소리가
서서히 멀어져 갔다.

"도대체 애가 어딜 간 거야?"

김이 모락모락 풍겨 나는 밥솥 뚜껑을 열고

주걱을 들어 육남매의 밥을 푸려던 엄마는

하루 종일 눈에 띄지 않는 셋째 미경을 걱정하고 있었다.

터벅터벅

"어떻게 됐냐! 명호야?"

명호가 부엌문을 채 열기도 전에 엄마는 큰 소리로 물었다.

급하게 다그치듯 묻는 엄마를 보자

명호는 마치 자신이 잘못을 저지른 듯한 죄책감이 들었다.

"민자도 길수도 다 자기 집에 있었어요.

아까 낮에 술래잡기 놀이 하다가

없어졌대요."

명호는 더 덧붙일 말이 없는 자신이 속상했다.

"도대체 어떻게 된 일이냐. 너희들 먼저 밥 먹고 있거라."

엄마는 밥상을 방 안에 들여 놓고는

허겁지겁 미경을 찾아 나섰다.

휘이잉

봄날 저녁에 부는 바람이 초겨울 바람처럼

오싹하고 서늘하게 느껴지는 순간.

바람을 타고 입가에 내려앉은 아카시아 꽃잎에

선뜻 놀란 미경이 어느새

깊은 잠에서 깨어나고 있었다.

땀과 눈물이 뒤범벅된 채로 울다 울다 지쳐

목소리까지 쉬어 버린

미경이는 그렇게 잠이 들었던 것이다.

미경이 쭈그린 채 누워 있는 하수관 사이로 향기로운

아카시아 꽃향기가 풍겨 온다.

아카시아 꽃 요정이 살고 있다면……

구세주처럼 내려와 꿈꾸고 있는 듯한 자신을 꺼내 주기를……

하나님이 찾아와, 천사들이 찾아와 주기를……

미경이는 간절하게 기도하고 또 기도하였다.

밤하늘엔 쏟아 질듯

유난히도 많은 별 무리들이 대낮처럼 환하게

산동네를 비추고 있었다.

누군가, 떨어지는 별똥별을 보며

소원을 빌면 이루어진다고 말했었지.

미경은 자신의 집 지붕께로 빗방울처럼 떨어지는

한 개의 별똥별을 보며

누군가 자신을 찾아오기를 간절히

빌고 또 빌고 있었다.

미경은 또다시 있는 힘을 다해

소리를 질렀다.

"사……사……사……사람, 사람 살려요."

하지만 입 안에서 맴돌 뿐이다.

“사람……사람 살려요!”

부르다 부르다 지쳐 개미만 한 목소리마저 쉬어 버린 미경이

다시금 희망을 품고

절규하던 순간이었다.

"으잉?

시방 이게 무슨 소리다냐?"

"거기 사람이면 나오고, 귀신이면 썩 물러가라!"

이 소리는 청소부 박 씨 아저씨의 목소리였다.

"아……아저씨?

아저씨, 저……저예요! 저요…….

딸 부잣집 세……셋째요."

박 씨 아저씨가 구세주로 느껴지던 순간,

미경은 왈칵 솟아오르는 울음을 삼키고

애써 침착하고

차분하게 이야기했다.

놀란 아저씨가 도망이라도 가 버린다면……?

상상하기조차 끔찍한 일이었다.

"잉? 뭐……뭐시여?"

청소부 박 씨 아저씨가 하수도 구멍을 향해 엎드려

쭈그리고 누워 있는

미경이를 바라보았다.

"근디 너, 시방 거기서 뭐 하냐?"

"……."

자초지종을 다 들은 박 씨 아저씬

이내 하수관 속에 손을 집어넣고

무릎이 일자로 세워진 채 꼭 끼어 있는 미경이의 다리를

잡아당겨 보기 시작했다.

"자, 아저씨가 당겨 볼 텡게…….

으라차!!"

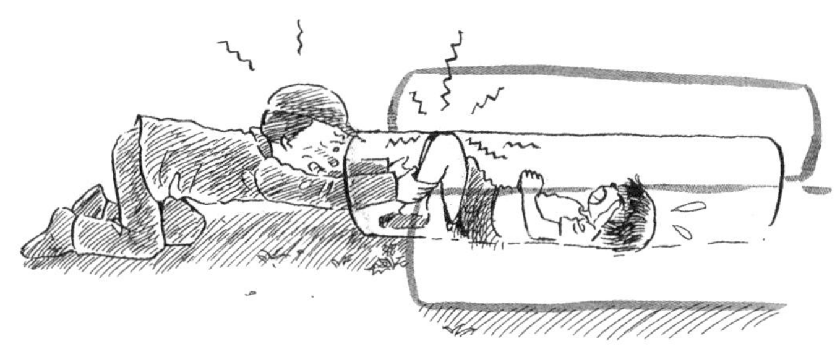

“아……아……악! 아~악! 아파…….

무릎이……무릎이……

다리가……다……다리가……흑흑흑…….”

미경이의 발목을 붙잡고 힘껏 당겨 보려던

박 씨 아저씨는

점점 얼굴이 빨갛게 상기되더니

어느새 제풀에 튕겨 나가 엉덩방아를 찧고 말았다.

"아이고 아주 꼭 끼어 있구먼그려, 아무려도 안되것다!

네 엄마를 모셔 와야것어!"

박 씨 아저씨는

리어카를 한쪽에 세워 놓은 채

달리기 시작했다.

"하……하……하……하나님……하나님 감사합니다.

제게 천사를 보내 주셨군요……. 흑흑흑…….

이제 살았어

난 이제 살았다구!!!

난 이제 살았다구!!!!"

미경이는 기적 같은 이 순간을

감사하며 안도의 숨을 내쉬었다.

기쁨의 눈물을 닦는 미경의 눈에, 멀리 한 손에 빗자루를 들고

쏜살같이 자신을 향해 달려오는 엄마가 보였다.

앞 다투어 하수관을 향해 달려오는 정겨운 식구들.

엄마와 함께 기꺼이 달려 나오는 사랑하는 형제자매들.

막내를 등에 업고 뒤늦게 달려 나온 큰언니 미화를 바라보며

미경이는 한 번도 뜨겁게 느껴 보지 못한 형제간의 따뜻한 우애를

가슴으로 느끼며 한없는 눈물을 흘렸다.

가난한 살림에 콩 한 조각으로도

치열한 싸움을 해야 했던 뜨거운 경쟁자들이

이렇게 사랑스럽고 소중한 존재였다니…….

"아! 하나님……"

어느덧 미경의 눈에 흐르는 두 줄기 뜨거운 눈물은

조그만 양쪽 귓불 속에 우물물처럼 고여

작은 호수를 만들고 있었다.

"어디! 어디예요?"

다급하고 놀란 엄마의 목소리는

경직되어 떨리고 있었다.

"여기여유, 여기"

마치 고자질쟁이 어린아이처럼 박 씨 아저씨가 엄마에게

미경이 있는 곳을 손가락으로 가리켰다.

"허걱……에고고……."

엄마는 차마

말을 잇지 못했다.

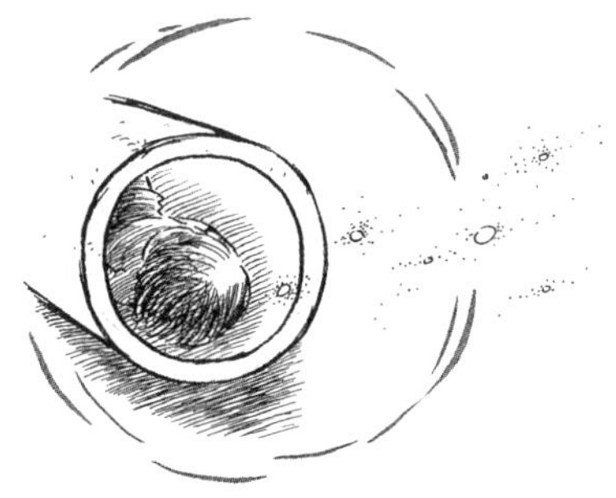

"아줌니가 다리를 당겨 보셔유,

지는 반대편에서 손을 당길 텡게유……."

박 씨 아저씨와 엄마의 작전이 시작됐다.

"하나, 둘, 셋!"

“아!”
“아얏!!!!!”

“아!～～～아악!!!”

악
악
악

미경이의 팔을 잡아당기던 박 씨 아저씨와

미경이의 다리를 끌어당기던 엄마는

이내 하수관을 사이에 두고

고무줄처럼 벌러덩 튕겨 넘어지고 말았다.

엄마의 긴장된 얼굴이

미경의 눈에는 정지된 화면처럼 보인다.

불 길 하 다 .

이윽고 박 씨 아저씨의 폭탄 같은 선언이

미경의 가슴에 비수를 꽂았다.

"아줌니, 도저히 안 되겠슈! 망치로 깨 부셔야겠시유!"

박 씨 아저씨의 말이 끝나기도 전에
미경은 겁에 질린 채 힘껏 소리치며 울었다.

"아……아……안 돼요! 그러다가 저 죽어요~
돌에 맞아 저 죽는다구요!"
더 이상 울 기력도 없는 미경이는
있는 힘껏 소리쳤다.

청소부 박 씨 아저씨와 놀란 엄마.

그리고 밥을 먹다가 숟가락에 밥풀이 묻어 있는지도 모르는 채

손에 들고 뛰쳐나온 형제들……

그 순간 주변의 모든 것들이……별들조차 숨 쉴 수 없는

순간…….

달빛이 아카시아 꽃을 찬란한 은빛으로 물들인 밤.

공사 자재를 쌓아 놓은 현장 앞에 잠시 정적이 흘렀다.

속상한 엄마는

엉겁결에 들고 나온 빗자루를

하수관 속에 집어넣어

미경이의 종아리를

두어 차례 때리기 시작했다.

하루도 조용할 날이 없는 육 남매의 사건 사고 속에서

까맣게 가슴이 타 버린 엄마에게

오늘의 이 사건 역시도 만만치 않은 충격이었기 때문일까?

좀처럼 매는 커녕 화도 잘 내지 않는 엄마였다.

"그러게 거기는 왜 들어갔어?

응? 왜 들어갔냐구!

위험하게 왜 이런 데 숨어, 응?"

“아악, 악”

그때였다.

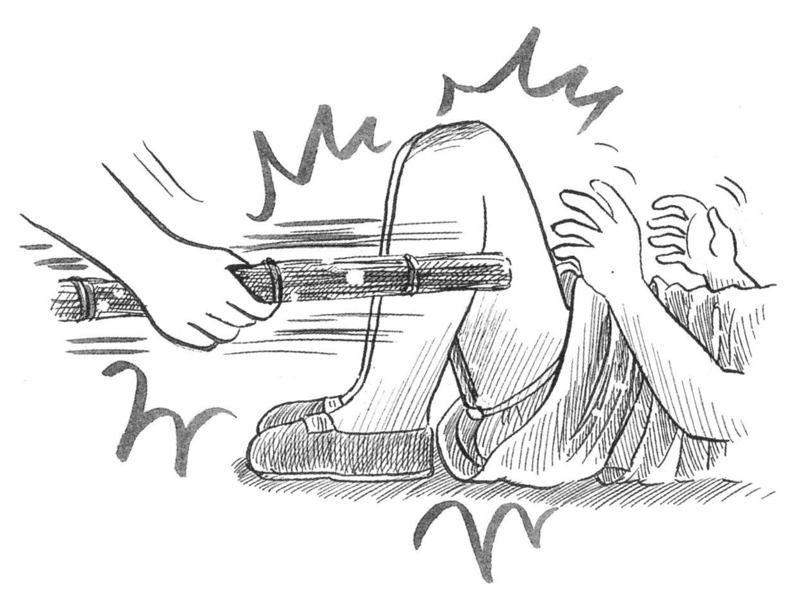

조립해서 끼워 맞춘 듯 하수관 속에 꽉 끼어 있던

꼿꼿이 세워진 다리가 어이없게도 힘없이 확 펴지는 게 아닌가!

"어……엄마!
다……다……다리가!
다리가 펴졌어요!!"

"뭐……뭐?"

하수관에 누워 있는 미경이를

일제히 땅에 엎드린 채 들여다보던

고만고만한 형제들과 박 씨 아저씨 그리고 엄마는

너무도 어이없이 해결된 이 사건을

기가 막혀 멍하니 바라볼 뿐이었다.

"하이고 고 녀석. 사내보다도 더 개구쟁이구먼!

개구쟁이여!!!"

구세주 박 씨 아저씨의

껄껄 웃음소리가

보름달처럼 커다랗게 퍼져나갔다.

“엄마~!”

미경은 하수관을 붙잡고 기어 나오자마자 엄마를 와락 껴안았다.

그제야 안도의 숨을 내쉬는 엄마의 눈가에도

어느새 땀방울처럼 촉촉한

이슬이 송글송글 맺혔다.

"다시는 이런 곳에서 놀지 말그래이?"

리어카를 끌고 가는 박 씨 아저씨의 뒷모습이

한없이 정겹기만 하다.

가시덤불을 헤치고 잃은 양을 찾은

목자의 기쁨보다도 더 큰 기쁨으로

다시는 자신의 품에서 놓지 않을 것처럼

미경이를 꼭 껴안아 주는 엄마의 품에서

저녁 반찬 김치찌개 냄새가 술술 풍겨온다.

오늘의 사건이 결코 꿈이 아니었음에

미경이는 다시금 놀랐다.

그리곤 생각했다.

다시는, 다시는⋯⋯하수관 속엔 숨지 않을 것이라고.

언덕 위의 작은 집을 향해 걸어가는 정겨운 그림자들 위에서
해처럼 밝은 보름달이 이들의 머리를 하얗게 비춰 주었다.

땀 냄새보다 진한 아카시아 꽃향기가
와룡동 산동네를 뒤덮은 오월의 어느 밤이었다.

엄마!

그 날 엄마가 들고 나오신 그 나무 빗자루는

철없는 딸을 때려 주려던 매가 아닌

하수도에 걸린 다리를 빼내어 보려는

연약한 사랑의 도구였다는 사실을

철이 들어 어른이 되고서야 깨달았어요.

아! 철없던 그날 철없던 어제.

한없는 어머니의 사랑.

그 시절의 엄마.

내 가슴속에 함께 숨 쉬고 계시며

언제나 내 편이 되어 주신 사랑 가득한 엄마가 너무 그립습니다.

참, 박 씨 아저씨

그날 너무 고마웠어요.

어른이 된 지금도 그날 그때의 기억은 잊을 수가 없어요.

아저씨가 아니었다면……

진정 아저씬 하나님이 보내 주셨던 수호천사였어요.

아저씨 행복하시죠? 건강하시죠?

와룡동의 아이들 5
꼭꼭 숨어라
ⓒ 전하리 2008

초판 인쇄 | 2008년 3월 3일
초판 발행 | 2008년 3월 10일

지 은 이 | 전하리
펴 낸 이 | 김정순
펴 낸 곳 | (주)북하우스
출판등록 | 1997년 9월 23일 제406-2003-055호

주   소 | 413-756 경기도 파주시 교하읍 문발리 파주출판도시 513-8
전자메일 | editor@bookhouse.co.kr
홈페이지 | www.bookhouse.co.kr
블 로 그 | blog.naver.com/bookhouse11
전화번호 | 031-955-2555
팩   스 | 031-955-3555

ISBN 978-89-5605-232-8 03810
978-89-5605-220-5 (세트)

이 도서의 국립중앙도서관 출판도서목록(CIP)은 e-CIP 홈페이지(http://www.nl.go.kr/cip.php)에서
이용하실 수 있습니다.(CIP제어번호:CIP2008000465)